Cem sonetos, pouco mais, pouco menos
Jayme Serva

Cem sonetos, pouco mais, pouco menos

Jayme Serva

2ª edição, 2019 | São Paulo

LARANJA ● ORIGINAL

À memória de meu pai, que me deu letra,
régua e compasso

Prefácio

Sonetos das cem vias

Um soneto, uma sonata, um gol de placa, são os atos mais pensados da arte. Pensaram isso, o jogador, o músico e o poeta.

Quando quiseram colocar o amor num prelo sem prego, Shakespeare, Camões e Florbela Espanca, por zelo, escolheram o soneto. Vinicius de Moraes, na mais dispersa vida, foi atento ao soneto, e por dentro fez o melhor a que levou-lhe o intento. A poesia brasileira não se envergonha de seus sonetos, nem dos seus sonetistas. O eu é um dos melhores pontos de partida do lirismo e, nos sonetos brasileiros, o eu e o meu iniciais sempre indicam o percurso.

Soneto não é apenas a matemática da métrica, nem a saliva das rimas, é a desordem que se ordena na beleza. Sermos clássicos nos permite sermos modernos sem o elmo parnasiano.

“Amo a regra que corrige a emoção”, dizia Georges Braque.

Não importa se com cinco, dez ou quinze sílabas, o verso sobe a escada do soneto, mas é preciso que acenda as luzes das rimas quem sobe ao infinito. Gostei que um publicitário, jovem e moderno, buscasse o lápis bem comportado.

Jayme é um cavalheiro de muitas elegâncias, jornalista, editor e companheiro. Professa, contudo, uma sintaxe sem concessões banais. Chuta em gol com bolas de pelica. Sabe que só a leveza do espírito permite a pedagogia do soneto, porque o soneto é o único formato poético sem arestas.

O resto, como dizia Simone Weil da Ilíada, é a poesia da violência. Já o soneto é a violência da ternura.

A maioria dos sonetos da literatura universal é principalmente o soneto de amor. Ao escrever cem sonetos, Jayme percorre outros sentimentos, de cem matizes. Não se atém ao soneto de amor, mas a uma percepção bem mais ampla, que vai do Soneto da Sentença — "Porque sempre eu corcunda e você musa?" — à Fábula Falsa — "Esta terra se exibe com orgulho, exalta-se com ares de Camões".

O amplo, em Jayme Serva, é percorrer-se do amor à política. Impossível, depois do iluminismo, petrificar-se no túmulo de Petrarca.

Nos belos sonetos dos Cem Sonetos, o Jayme consegue um rigor formal difícil de se exercer após a desordem formal consagrada pelo modernismo. Jayme insiste na simetria, no decassílabo e em rimas escaladas por um treinador ortodoxo. Um belo livro que nos ensina a reescrever, da mesma forma que, paradoxalmente, os concretistas nos ensinaram a escrever de novo.

Jorge da Cunha Lima

Só em soneto

Vou preparar as palavras cruzadas,
avisem os livros que estou voltando.
Para a paciência e os contos de fadas,
baralho novo, chazinho pelando.

Cartas — até abarrotar o correio.
Yahoo! — até as buscas mais avançadas.
Passar o tempo mantendo-me feio
mas limpo — durarão, as chuveiradas.

Atento, saberei quem foi, quem veio,
jamais admitirei o saco cheio,
tratarei a mim mesmo a pão-de-ló.

Chamarei minha solidão de esteio,
me bastarei, de hoje até ser pó.
Chegou mais um grande dia: eu, só.

Soneto sem sei

Queria ter nascido japonês.
Queria enxergar letras nas figuras,
como eles, dominar as formas puras,
como eles, esperar a minha vez.

Tivesse trilhado as sendas de Oku,
tivesse eu vindo do extremo oriente,
talvez soubesse ser mais paciente,
talvez lograsse sair deste iglu.

Porém, sozinho, prossigo ocidente,
desagregando o que era integral,
desintegrando o antes consistente.

Se, dual, divorcio o bem e o mal
qual recomenda a lógica vigente,
é por ser branco, a bombordo e banal.

Capitulação

Há de se reconhecer sem delongas
a inutilidade da poesia.
Sonetos, haicais, quadras de milongas
são quadriculados de fantasia

pueril, esquemática, ingênua.
Quando tento escrevê-la grandiosa —
que bobagem! —, aí mesmo apequeno-a
a ponto de me desculpar em prosa.

Por que me dedicar a tantos versos?
Com quem conversarão métrica e rima?
Ouvintes e leitores são dispersos,

a eles interessa mais o clima
em que a prosa sabe pô-los imersos
do que um métrico confessar da estima.

O limite

Matar e esquartejar um ditador,
mimar a terra-crosta do Brasil,
cuspir na cara do seu malfeitor,
fazer inflar o peito juvenil.

Dispor do mundo como achar melhor:
pra Groelândia o mau, o puto, o vil!
Pra minha gente, o poderoso Thor!
Na minha cama, o mais cigano cio.

Eu mudaria o mundo ao meu soneto.
Eu estraçalharia todo o mal —
mas sempre chega a hora do real:

à doce luz do sonho de um quarteto
não falta a sombra funda do terceto
que insiste em despertar-me no final.

Historiografia

Do que é história, o que fica, o que sobra
é o trauma. A ele, chamam fato.
A partir do machucado da obra,
conta-se um conto, com dor, sem recato.

O gabinete era o ninho da cobra,
imperador era o nome do rato,
é só metade o que o número dobra.
Assim, a fábula vira relato.

O saqueador é o autor da versão,
ao saqueado, nem pingos nos "is":
se tiver sorte, um papel de vilão.

Depois de usar fartamente os fuzis,
a quem sobrou dá-se conciliação.
Às normalistas, se ensina um país.

Das calçadas

Quando o sol nasce, o povo do Brasil
já vai cumprindo seu triste destino:
cada vez mais cultuar o que é vil,
ao justo, preferir o fescenino.

Nossas cidades têm cheiro de urina,
nossas mulheres, pro mundo, são putas.
Ver um velhaco vencer nos fascina —
e faz-se assim nossa história de lutas.

O que é mais rico mija no mais pobre,
o que é mais pobre mija na calçada.
E vai-se então seguindo, até que sobre

um cheiro de amoníaco, mais nada.
O rico acha que sana isso no cobre,
o pobre — que fazer? — no mijo nada.

Soneto da cura

Resolveu voltar, o ar que eu respiro.
Não era sem tempo. Essa asfixia
implacável é letal como tiro,
guilhotina, facão ou bulimia.

Já posso respirar sem aparelho.
O tempo vai-me dando uma alforria,
liberta-me do que ontem me prendia:
seu rosto a aparecer no meu espelho.

Agora, quando o miro, a mim eu vejo.
É uma fisionomia envelhecida
que traz a cicatriz de algum desejo.

Mas, mesmo marcada, agora tem vida
(em que pese expressar um deslampejo,
figura de uma volta ainda sem ida).

Soneto curitibano

Eu sabia — e o tempo provaria:
Paulo Leminski não tinha morrido,
mas ido apenas pra voltar um dia
e — gozo fabuloso — dar sentido

às sendas que desbravou para nós,
rebuscar as maravilhas de Alice,
desconstruir o Mágico de Oz.
Se Bashô também voltasse e o visse,

Refaria o poema na choupana,
talvez virasse a senda para o sul
(quem sabe a entendesse franciscana?)

O sol nascente ficaria azul,
o karatê seria mais bacana,
a poesia a cantar, hai-kai-blue.

Soneto suculento

Se eu fizesse sonetos do caralho,
se eu não fosse tão fino, tão garboso,
pensasse o texto mais que o cabeçalho,
menos lirismo, mais foder gostoso;

se eu permitisse ao verso dizer "gozo",
se não me importasse com o que valho
e descrevesse o pinto, o sinto, o malho
em vez de fazer pose de amoroso,

teria, quem sabe alguma estatura.
Não seria este anão, palhaço, Bozo,
Cheio de estilo e sem embocadura.

Dissesse: trepo, chupo, fodo, ouso,
podia motivar a pica dura
e o sempre livre do Glauco Mattoso.

Soneto à sempre viva

Além de seu aspecto de cinema,
são duas ou três coisas que eu sei dela.
É pouco pra que a ame ou pra que a tema,
tonteia-me — é só — assim tão bela.

Meio tonto, sei que desaparece
quando quer e volta quando me quer.
Sempre viva, ao voltar alega a prece,
a prole ou só vontade de mulher —

vontade que parece masculina
de tão intempestiva ou decidida.
É viva, me atordoa e me domina,

conquista os territórios, atrevida.
Singra meu mar sua alma feminina,
não teme se é de volta ou se é de ida.

Corpo estranho

Eu fui feito pra cantar pra você
e pra tomar conta dos seus perfumes.
Sou o amante que você não vê
ou sente, que não provoca ciúmes,

palpitações, líquidos ou gemidos.
Eu nasci para suprir agulha e linha,
com limites bem estabelecidos:
tão seu quanto eu sou, você é não-minha.

Conforto-me, me ocupo, vale a pena:
minha alma, afinal, é tão pequena
e meu corpo, talvez, não queira tudo,

conforma-se e, assim, faz-se de mudo.
Aceita ser figurante na cena,
me trai bem no momento em que me iludo.

Fábula falsa

Esta terra se exibe com orgulho,
exalta-se com ares de Camões;
esconde seu histórico de esbulho
nas letras de pitorescas canções.

Destaca-se nos rolos e no embrulho,
gabola de seus duzentos milhões,
histórica na produção de entulho
e na reprodução de maganões.

Por mais que se tente mudar a valsa,
há sempre um vocalise mais sutil.
O som que abafa a grita e que realça

a ilusão do peito juvenil
fada à moral de uma fábula falsa,
formigueiro de cigarras, Brasil.

Soneto afinal

Surpreso, descobri que o tempo passa,
que as negras cabeleiras viram cãs,
paixões fogosas revelam-se irmãs,
perde-se o charme, ganha-se pirraça.

Parece a maldição de Buñuel,
que ousou regozijar-se de ser brocha
e, ao ver trocar por gelo o que era tocha,
louvou representar novo papel.

Não se pode evitar que o tempo ande,
o pêndulo que o lá de cima brande
um dia vem buscar quem o consagra.

Se há de haver final, que seja grande:
que tenha a compleição, que é alta e magra,
larga como a explosão que se deflagra.

Soneto a parecer

Quando eu crescer, quero ser arquiteto,
governador, senador, capitão.
Hei de levar a Paris meu projeto,
vou reformar os jardins do Japão.

Quando eu chegar à altura do teto,
vou ser capaz de falar alemão,
vou escrever e aprovar um decreto
que obrigará o planeta a ser são.

Quando eu crescer, quero ser importante,
não para a imprensa, os jornais, a tevê.
Quero que o mundo me ache brilhante,

não por vaidade (vaidade de quê?),
não por orgulho (não tenho o bastante),
só por supor que é você quem me vê.

Soneto amador

Quando eu lhe falo, tento ser perene.
Busco um dizer que cale, cabal — qual:
sempre falta uma citação de Sêne-
ca entre aspas, um clássico aval,

sempre sobra uma sílaba ao final.
A rima pobre impede que eu encene
um grande trovador de Portugal —
sequer consigo parecer solene.

Condenado a revelar o que sou,
incapaz de pôr a cena montada,
transformo-me, de poeta, em piada.

Pudesse ouvir as bobagens que entoo,
talvez as abatesse ainda em voo
e pudesse esconder o que sou: nada.

Soneto a Marina

Mal sabe ela, tão linda, Marina,
o que fez comigo ao aparecer.
Desde logo, com a graça mais fina,
refez-me vivo, verdadeiro ser.

Até então, minha vida era ensaio,
ora emoção, ora pura rotina,
ora visão, ora simples soslaio.
Quando me veio, tão linda, Marina,

tive um insight de dez Galileus,
a compreensão da minha própria sina,
revelações de segredos judeus.

Entendi a sincronia (é divina):
quando me veio, tão linda, Marina,
veio me dar a noção de ser Deus.

Soneto da mulher que volta e vai

A mulher que passou e sempre volta
volta norte, sempre mexe a agulha;
ao contrário de mim, vem leve e solta.
Pouco se lhe dá, se acaso me empulha

com promessas que, suponho, me faz
ou com amostras do que me daria,
se um dia chegasse a me ver capaz
de merecer-lhe tanta regalia.

A mulher que sempre volta não tem
razão aparente para voltar,
a não ser que o que a faça sentir bem

seja bem a minha falta de ar,
o peso que perco com seu vai-vem,
os anos que se vão com seu negar.

A mulher perto

(falta uma citação de Poe)

Ela me olha aflita, eu a acolho.
Ela ainda me fita, já em meus braços;
sei o que procura o rabo do olho:
ela sabe que alguém lhe segue os passos.

Eu lhe ofereço a proteção amiga
de um abraço firme, de dois conselhos,
menciono uma piada meio antiga,
tento tirar-lhe os ares sobrancelhos.

Mas ela sabe que há alguém que a encara,
sente no ar o olhar, já percebeu,
e me pergunta o que é que ele prepara.

Faço parecer que ela enlouqueceu,
enquanto oculto a minha própria cara,
a cara de quem a persegue: eu.

Endecassílabo

Como as mães antigas e os velhos feirantes,
os poetas antes iam ao assunto.
Simples como elas, como eles, bem-falantes:
não havia uma elegia sem defunto.

O poeta antigo não chorava à toa
nem para engendrar um engenhoso pé.
Ou da tal sancta princesa vinha a loa
ou fingia — e em si mesmo tinha fé.

No átimo japonês, a nova boa,
no épico de Camões, Goa e Guiné.
Já na ponta do meu lápis o que soa

é à toa, construção do que não é.
A falar da terra, falo do que voa;
o soneto sobre o mar não tem maré.

Soneto do Abstinente

Diz-se que Baco é boa companhia,
que alguns trocam por ele a própria Vênus.
Não sei se o quero assim, e a ela menos,
mas ele é quem me mostra o fim do dia.

Se acaso ele se perde na folia
ou eu me faço mouco a seus acenos,
e os tintos, argentinos ou chilenos,
não correm a prover-me fantasia,

o dia simplesmente continua,
o sol a pino, forte, permanece
quarenta e oito horas sobre a lua.

Sob tal luz, o sono se esvanece
e, mesmo que o poema se conclua,
manda a lira que a noite não comece.

Soneto do nome

Avatar, sina, o que os nomes são?
Os nomes parecem compor pessoas,
descrevem, atávicos, se são boas,
suaves, duras, número, emoção.

Tem gente batizada de Nação,
tem quem se chame Bem; há Vis, há Loas,
Martírios, Midas, Mortes, há Moncloas:
todo nome, no fundo, é tradução.

Mas também é sina de quem o traz
(não são as Brancas um tanto incolores,
as Maricotas, um tantinho más?).

Se um nome pode revelar pendores,
de que revelações será capaz
seu nome, composto de dois amores?

Soneto encadeando

Sinal verde. O homem grande caminha
emburrado na faixa de pedestre
a ruminar mazela comezinha.
A moça espera por quem a adestre:

é dona do automóvel popular,
irrita-se acelera, enfim buzina.
Não percebe que recebe um olhar
de pena, da babá com a menina.

As duas na calçada tomam sol.
Enquanto a que conduz pensa distante,
a infante está a sonhar sob o lençol —

é seu o tempo, do carrinho em diante.
A pajem tem a mente em um paiol;
lá está seu homem — com a nova amante.

Soneto encadeado

O homem no paiol e a nova amante
se olham sem sinal de saciedade.
Ela esperava um garanhão flamante,
Ele temia a patroa, já de idade.

Na casa da fazenda, o bom marido,
mau patrão, nem podia imaginar:
onde a frígida mulher tinha ido,
que tanto demorava a tomar ar?

Levou um tempo até se convencer
de que era bem fogosa sua velhinha
e que o lacaio era o arrefecer.

Devia colocar os dois na linha:
mandou matar e o pistola esconder.
Sinal verde. O homem grande caminha.

Soneto com baticum

Disseram que o samba vem lá do Rio,
que é temporão do jongo e do maxixe.
"Vixe!", disse o baiano quando ouviu,
"Samba é nosso, retinto de azeviche".

"Piche e dendê não fazem samba bom"
— é o carioca, que lembra Sinhô —
"nem ganham selo impresso da Odeon".
"Não! Quem sabe mais samba que um nagô?"

Baiano e carioca têm razão,
têm samba, Donga e Olga do Araketu,
têm berimbau, cantinho e violão,

têm música de raça, som de preto.
Fica aqui a sobra, consolação:
só paulista faz samba com soneto.

Memória do esquecer

Sem nada merecer, por sorte apenas,
fui brindado com sua beleza e graça.
Ingrato, devolvi-lhe cantilenas,
maus humores, meu hálito e pirraça.

É claro que, afinal, chegou o dia,
o prazo, mesmo tarde, se expirou.
Você me deu o adeus que eu merecia,
adeus que eu disse meu, fingindo enjoo.

Agora, sigo rindo no festim
enquanto busco, ávido, o garçom
e um copo de esquecer, com muito gin.

Perco a memória mas mantenho o tom,
sei o que finjo, vou, até o fim,
ruim: só nisso aprendi a ser bom.

Soneto da sentença

Por que sempre eu corcunda e você musa?
Por que meu aleijão e seu cetim?
Por que, em cada lilás da luz difusa,
reflete-se meu cinza e o seu carmim?

É de inocência que você me acusa
em sua sentença, no melhor latim.
Impõe-me culpa e dolo, invoca a musa —
muito verbo pra tão modesto fim.

O balanço do afeto que se encerra
e leva o bom pendor que havia em mim,
se pesa o meu amor, certo é que erra.

Será que é justo acabar sempre assim,
eu raso entre os famélicos da Terra,
você no alto da torre de marfim?

Da janela

A moça da janela é tema antigo,
é lido em todo canto, em verso e prosa,
Bandeira, Chico, Oswald, Sergio Endrigo,
ensaio, quadra, samba, mote e glosa.

Dali, ela fascina o olhar amigo,
no mais das vezes, nem é tão vistosa.
Intriga, quase oculta em seu abrigo:
será tão simples ser misteriosa?

A moça da janela é sexy e pura,
não há como enxergar qualquer defeito.
Fugaz, quando se enquadra na moldura,

não mostra humor enquanto mostra o peito,
não tem mania, depressão, tontura —
exibe, no que falta, o que é perfeito.

Soneto do que fica e corre

Não bastasse mirar com olhos d'água,
quando atira sorrisos sempre atinge
um alvo em mim. Se porventura afago-a,
devolve um enigma no olhar, esfinge.

Se a procuro, some, vai a Manágua,
Guarujá (não sei se viaja ou finge).
Se resolve chamar, lá do Aconcágua,
eu vou, sigo o caminho que me impinge

sem buscar atalhos. Vou, apenas.
Às vezes ela espera, às vezes some
e põe a culpa em mim, faz lá suas cenas.

Se exibe-se um leão, não há quem dome;
mas se aparece gata, são dezenas
as vidas que entrega. Depois, me come.

Reclamos

Noel Rosa morreu com vinte e seis,
Castro Alves viveu um pouco menos.
Sem um olho, Camões fez o que fez,
sem os dois, Ray Charles leva-nos a Vênus.*

Stephen Hawking não se mexe mas pensa,
Luís Inácio não parece, mas mexe.
O câncer de Darcy lhe deu licença,
nem parkinson faz com que Ali se avexe.

Já eu, tenho miolo e quatro patas,
comi, fui vacinado e escapei
dos traumas, das tragédias, das bravatas —

o tempo me deu anos, como a um rei.
Aproveitei gerando só erratas,
legados de "será?" e de "não sei".

* Decisão difícil: preferi contar em "Charles" uma sílaba só, como a pronúncia em inglês, algo como "Tchāls", indicaria. Fiz outro verso para o uso da fala brasileira, "Tchar-les" ou "Char-les", que seria: "sem os dois, Ray Charles nos põe em Vênus". Mas, definitivamente, prefiro a que ali está, até pelas aliterações malemolentes em "Charles leva-nos", "Tchals leva-nos", e "leva-nos a vênus".

O ar

Um médico, se fosse consultado,
falaria logo em fenoterol.
Mesmo com o coração disparado,
teofilina é melhor que mentol.

Eucalipto, dizem, também funciona —
os cientistas são céticos, no entanto.
Os antigos falavam de malvona,
há os que recomendam aulas de canto.

Todos os sais que terminam em ato,
esses que os médicos sabem de cor,
são só placebo, não dão nem barato.

Nem mesmo uma taça de Don Melchor
logra causar este efeito imediato:
você aparece, eu respiro melhor.

Mal du siècle

Senhor poeta, diga trinta e três.
Agora, respire fundo e segure.
Solte, sopre. Suave. Outra vez.
Por auscultação, não há o que se apure.

Parece bem, boa cor, fina tez.
Aliás, que mal há que se lhe cure?
Nos livros que li, mesmo em francês,
nada achei. Penso mandá-lo ao Missouri.

Não quer? Mas olhe-se bem, não definha,
e, no entanto, não se acha o seu mal.
Testes, exames e nenhuma linha,

nenhum efeito do amor, tão letal,
nem mesmo uma tuberculosezinha.
Século besta, de poeta sem mal!

Fablieau

Daria boa fábula, o Brasil,
ou mesmo contos, de autor ou de fadas.
Há bruxas e anões, há príncipe vil,
dezenas de bestas desencantadas.

Nenhum gigante na história infantil,
mas há gnomos*, sempre às gargalhadas,
fadas-madrinhas de lindo perfil,
feitiçarias, encantos, ciladas.

O que ainda ninguém ouviu ou leu
é a lição, a conclusão no final:
"a rã virou gente", "a bruxa morreu".

Nada se acaba na vida real.
Já, já, dirá o guri à noite, ao breu:
"Uau, mamãe! Essa maçã é legal!"

* Contado como três sílabas, "gh+no+mos", mais próximo da pronúncia corrente em português do Brasil. O verso alternativo seria: "há muitos gnomos, sempre às gargalhadas", com a contagem correta "gno+mos".

Soneto sobre falta

Há quem diga que saudade dói. Não.
Saudade tem efeito de veneno,
curare. Pára um dos dedos da mão,
depois a palma, o pau, o duodeno,

o corpo todo, menos o pulmão.
Assim, a vítima respira a pleno,
mantêm-se viva, ela e a sensação
de ter no peito um coração pequeno,

bem pequeno: nele só cabe dor
e, a cada hora, uma palpitação.
Nada reage, seja lá o que for

que tente lhe trazer consolação.
A paralisia vira estupor,
o doente morre, mas parece são.

Futuro

Na TV, a nave vai a Plutão;
a mão ao lado escreve sem papel;
no céu, a onda, o samba, o avião.
Tudo existe, voa, vai-vem ao léu.

Passa o tempo zunindo, supersom,
passa, trêmula, a vida no varal,
a secar até o verdadeiro tom
enxuto e limpo que tinge o final.

Vi tudo a passar rápido demais.
No entanto, vejo-a jovem como antes,
jovem como — bem sei — não fui jamais.

Quando nos amamos feito imigrantes,
sua face apaziguada, seus sinais
indicam futuro, não doravantes.

Meu nome

De Anas, vai-se fazendo meu mundo;
amo, cresço, devoto-me entre elas.
Do nós da santa ao eu do ser fecundo,
tudo são Anas, dos olhos às telas.

Belas, elas são todas, longe ou perto.
É certo: eu tenho a que chamo querida,
aquela que traz água ao meu deserto,
beatriz a nadar, a dar-me vida.

Outra, predileta, ainda me ensina
(embora devesse ser o contrário)
a ser mais maduro — ela tão menina.

Se o nome dá-me sentimento vário,
as tantas Anas a somar-me a sina
serão meu id e meu confessionário.

Entreveros diagonais

Ofega, queixa-se dos cotovelos.
Ela apenas assente, concentrada:
o que lê tem menos ossos, mais pelos.
Quer manter-se a flutuar feito fada.

Ele, no entanto, reclama outra vez.
É azia, prenúncio de gastrite,
é certo que não dura mais um mês.
Ela lê peles chegando ao limite,

líquidos secretados, profusão;
as linhas narram a melhor refrega.
Ao lado, ele suspeita do pulmão,

há algo na respiração que pega.
Ela, menos contida, mais pulsão,
nem ouve, nem ouvida, enquanto ofega.

Ostealgias

Os ossos, quando doem, lembram erros,
arrependem-se pelo renitente.
Uma artrite pode vir dos enterros
não chorados. Gota é amor pendente,

daqueles que o orgulho faz segredo.
Ofício mal-escolhido provoca
um reumatismo que chega mais cedo.
Ostealgias, em geral, vêm em troca

daquilo que não sai da nossa boca,
de uma declaração que não se dá.
Dói mais se comportar que dar a louca,

lateja não ter feito um bafafá.
Para um beijo adiado, a dor é pouca;
lancina o lábio que já não está.

Haiti

Um negro sangra na fotografia.
Se esvai, sabe que vai esvaziar,
vazar até recobrar a alegria,
sofrer só enquanto não sobe ao ar.

Agora, alguns segundos o separam
da vida em uma cena toda branca.
No ouvido, os tiquetaques já pararam;
no chão marrom, a hemorragia estanca.

Na foto, só se vê o agonizante,
não se percebe seu preparativo,
só a curiosidade do passante

a ver o negro que virou um crivo.
Ninguém se dá conta: está radiante,
prestes a, finalmente, ver-se vivo.

Haiti, 2

Os olhos se levantam, que horizonte?
Existe alguma linha mais além,
mas longe. Não há leste que se aponte,
nem bússola, nem norte, nem um bem.

A vida não vai muito além do monte,
não chega o ser humano a ser alguém,
não justifica que se eleve a fronte
em busca de um virá que nunca vem.

O tempo é resto pra quem quer que nasça;
nascendo, sobra apenas não morrer:
não há como entender o que se passa.

Olhar aqui de longe o desviver
é ver dentro de nós o que fracassa,
fumaça onde havia antes poder.

Soneto do samba

Um samba antigo é pra comemorar,
seja a mulher que um bilhete deixou
e se foi, seja seu louco a andar
por ela que já o abandonou.

Um gato lá no morro não é caro
mas não merece a cruz do sofrimento.
O tamborim de samba, eu toco e paro.
Do gato, apenas provo o esquecimento.

Com samba, não tem escuro nem treva.
Se o amor que não esqueço corrói,
o bonde São Januário me leva

(e eu nem sou daqui, sou de Niterói).
Meu mensageiro, que meu samba eleva,
canta notícias de onde nada dói.

Descoberto

Acordo. Ela não está a meu lado.
Acho-a na sala. Serve-me. Ambígua.
Põe-me o desjejum. Sinto-me enganado.
Sai. Diz que vai trabalhar. Não sei. Sigo-a.

Some na multidão e em meu cansaço.
Volto. Ligo. Toca. Ninguém atende.
Sei que sei tudo. Não sei o que faço.
Ela vai conquistar seu happy end,

lá vai ela ficar feliz sem mim.
É claro, na cara amarrada. Vê-se
logo por que parece triste assim:

me enganar é seu único interesse.
Finge. Quando me abraça e me diz sim,
me aceita como se não me escolhesse.

Azulices

Expliquei pela teoria das cores
o brilho intenso que me aparecia.
Parecia da Índia, dos Açores,
vinha de onde esse raiar do dia?

Azul ou verde (cores emitidas)?
Pingo de amarelo em cyan seria,
se não fossem seus brilhos homicidas
do tipo que retinas avaria.

Entre seus tons, há um que vem do jade,
tisnado por um brilho de ametista
tida, roubada ali do anel do frade,

o que resultou um pouco anarquista.
Faróis iluminando a liberdade,
seus olhos vão ser sempre o riso à vista.

Salvadores

Eu vou ao Bonfim, não quero voltar,
com o que há lá, muita sorte terei.
Sei onde está meu verdadeiro lar,
meu vatapá, meu caruru, meu hei.

Tenho rainha sereia do mar,
vou à Bahia com porte de rei,
pela riqueza que vou encontrar.
Também vou despojado, como frei:

como ser devoto, voto-lhe a faixa,
sei, como asceta, qual é meu lugar.
Sinto o coração bater como caixa,

como bom baiano, quero sambar.
Sobrevoemos a Cidade Baixa,
vejamos a alma jubiabar.

Trajeto

Começa com cristais, dois, lá no alto.
Entre eles e o colo, lábios riem.
Entre o colo e o umbigo, o sobressalto:
alvos, altos, olham sem que desviem

de mim a mira acima do ventre.
Alteiam a linha que sai do umbigo
e chega ao oásis de pelos entre
a pele e o mar aberto em que me abrigo.

Simétricas, as coxas são meus cais,
de onde sigo seguro até os joelhos.
Tíbia adiante, a penugem me refaz.

Chego aos pés, são perfeitos. Os vermelhos
(vejo dez) na verdade são sinais,
ordem para que eu volte até os pentelhos.

Despoeta

Tendo a cantar cor, orquestras, orgasmos,
cedo à tentação do verso que enfeita.
Quero colecionar leitores pasmos
que em torno de mim formem uma seita.

Tenho pendores de Florbela Espanca,
afetações de letra de bolero.
Soy loco por ti, linda diosa blanca,
faço esse latim parecer sincero.

As orquestras de que falo, no entanto,
talvez não cheguem nem a ser um trio.
Os orgasmos reais, os que não canto,

não são mais do que um tanto-faz vazio,
mero alívio tremido, sem encanto,
da cruza entre animais que não têm cio.

Píadas

Passaram muito além da Taprobana,
vieram a disseminar a fé,
comer a mameluca e chupar cana,
assobiar um fado de marré.

Traçaram cá quinze capitanias
sobre o mapa, sem nem a terra ver.
Machado e faca aos paus e especiarias,
voltaram mar adentro até o poder.

História do Brasil, primeira parte:
depois da geografia nota dez,
tome-se o bom, e o resto se descarte.

Com séculos de mídia e decibéis,
esqueçam-se Camões, engenho e arte —
melhor é garantir os cem mil réis.

À moda de Camões

Fazia o que pensava ser soneto,
cantava à moda do grande poeta,
riscava o verso agudo como seta,
sabia a quem atingiria o espeto.

Chegando ao coração tal amuleto,
viria a mim a musa em linha reta
no afã de ser a minha predileta,
tão certa de inspirar este quarteto.

Mas mal pude chegar ao nono verso:
era outra da musa a pontaria,
vinha d'outrem a tão certeira frecha.

Ao me desiludir, o fato emerso
mostrou: abre-se alegre a fantasia,
vem casmurra a verdade e logo a fecha.

Ao Glauco, à moda de Camões

Cantar em decassílabo os amores,
Cândidas, Natércias, Ecaterinas,
é fácil, se são belas as meninas
e se o poeta tem lá seus pendores.

Mesmo para retratar as dores,
consegue-se manter escrita fina
e o verso, ao desditoso, até ensina.
Não é preciso mais que duas cores.

Mas como é, pro poeta, ver nenhuma,
não enxergar nem feio nem fremoso?
Como é que um cego rima e metrifica?

Há um que, sem riscar, mesmo, se arruma.
Tão só com a mente o Glauco Mattoso
risca e sabe rimar o amor que fica.

À moda do Boca

Guardo os afetos, me lembro de pelos,
embora não me esqueça dos carinhos,
de aromas, de bouquets, passados vinhos,
a língua lembra logo de sabê-los.

Sabores de mamilos, regos, grelos
me lembram dos primeiros desalinhos,
amassos em espaços comezinhos,
miragens sob a sede de comê-los.

Se os pelos e os peitos chegavam perto,
não era por ação ágil do macho,
mas por iniciativa da mulher

que, dona disso tudo e do que é certo,
soube sempre dar certa luz ao facho
e, como sempre, ter o que bem quer.

À vida curta

Morreu Camões com menos de sessenta,
Noel Rosa, mal feitos vinte e sete;
Castro Alves, então, era um pivete.
Morrer, pois, centenário, a quem lhe tenta?

Quem vive muito tempo a vida aguenta
porque passa por ela e não se mete
com vinho, poeta, puta, réu, coquete;
promete ser fiel e se apacenta.

Vivente candidato a centenário,
se põe o pé na areia, logo espirra,
se posto ante a sereia, vai correr.

Quem joga e põe o coração no páreo,
quem ama e ao amor dá incenso e mirra
tem vida e meia no curto viver.

Descamões

Poesia não foi feita para heróis.
Versos devem ser pra gente comum
ou mesmo pra ser humano nenhum,
sílabas divertidas, letra e voz.

Ronaldos, Tostões, barões, reis, avós
aparecem na Globo e no Cartoon,
no documentário de cada um.
Os versos devem falar mais de nós

comuns, mesmo que nobres ou galãs,
iguais a todo mundo que aparece,
PT, MST ou milionário.

Poesia não foi feita para clãs.
(Talvez fãs, que um verso ou outro enaltece.)
Que seja àquele que não ganha o páreo.

Alzheimer

O tempo fez-me a memória difusa,
esqueço-me cada vez mais de nomes,
números (o que é mesmo hipotenusa?),
chamo Castro Alves de Carlos Gomes.

Me lembro ainda de algumas marchinhas
de letra picante e má melodia.
Carl Barks desenhava o Tio Patinhas.
"Meu mundo caiu": Antônio Maria.

Vão sobrando as lembranças de menino:
o nome e o lingerie da professora,
Jair, Tostão, Pelé e Rivelino,

o pé ferido pela "redentora".
Cultivo meu futuro desatino —
se bem me lembro, a perda é sedutora.

Imersidão

Pequena, diminuta. E, no entanto,
gigante meio grega quando nua;
é capaz de abraçar o próprio espanto
só quando, para pôr-se a ver, recua.

É sua a prerrogativa de dar
a ordem para que o jogo comece
e as regras pelas quais se irá jogar.
Nessa hora, ainda mais ela cresce,

a ponto de só seu corpo existir.
Aí, o que se respira é sua pele,
bebe-se a inebriar, seu elixir.

Lá flutua-se até que se revele
a via que se deverá seguir.
O fim, de tanta vida, à morte impele.

Soneto da troca

É: pode parecer indelicado
propor a você que faça uma troca,
que pense na lógica do mercado.
Mas quanto custa e vale o que lhe toca?

Eu sei que isso não é mercadoria
e que você nem mesmo dá valor.
No fundo, se livrar preferiria:
pra que manter o que provoca dor?

Por isso, considere o que a impede
e o que também impele-a a aceitar
a troca, que eu faria sem spread:

proponho dar-lhe tudo, até meu ar;
contrapartida simples, você cede
a mim o que há de triste em seu olhar.

O tempo e o tempo

Depois do aeroporto, a vida-após:
mais que saudade, eu tenho da Bahia
lembrar o tom do que você dizia,
cantarolar os lás da sua voz.

Mais que saudade, eu sinto ecos de nós,
certo calor durante a noite fria,
certo perfume que aí me aprazia,
um vaziozinho, soma de dois sós.

O céu, que aí é cinza e aqui é claro,
ao contrário do que sempre apresenta,
pode estar a mostrar nosso caminho.

Nestes dias de tempo assim tão raro,
passemos o nosso em câmera lenta
e, quadro a quadro, nasça o nosso ninho.

Com mote e glosa

amor
humor

É moderno demais, mas é antigo,
parece arquitetura mas é samba.
É ótimo, quando a coisa descamba
e vai-se dormir na casa do amigo.

Requer, talvez, olhar o próprio umbigo,
um vento de imodéstia, é bom que o lamba.
Mas deve-se saber: a corda é bamba
e a vida o aproxima do perigo.

O procedimento é caro a alguns;
a outros, é castigo e penitência,
sem que haja remédio pra tanta dor —

nem a cana consola seus bebuns.
Mas para quem sabe e tem ciência,
a cura está em fazer, do amor, humor.

Com mote e glosa, 2

Devo, não nego, pagarei quando puder.

Não sei medir o amor que recebi,
sei apenas dizer que foi imenso
e não o vi: onde estava meu senso?
Sou dessa gente que só pensa em si.

Falo de mim, exibo pedigree,
superestimo o valor do que penso,
se alguém ao lado chora, cedo o lenço,
adoro exagerar o que vivi.

Minha sorte é que sempre alguém ajuda,
bem confiante e desinteressado,
amigo às vezes, mãe ou ex-mulher.

Sei bem que minha sorte é bem taluda,
tenho resposta se for perguntado:
devo, não nego, pago se puder.

Com mote e glosa, 3

Não me queixo,
eu não soube te amar

Adoraria poder me queixar
do teu olhar, que agora me atravessa,
de teres descumprido uma promessa
ou, pior, desfeito um suposto lar.

Não me queixo, eu, na hora da pressa,
mal tive tempo de me desculpar,
nem lar nem recado eu soube te dar.
Nem vi: era mais eu, pedante à beça.

Agora, já não sei bem o que deixo
que te faça lembrar, talvez nem ar,
nem mesmo, dos poemas, algum trecho.

Perdi: achei que sabia jogar.
Agora, sei que não sei. Não me queixo,
foi meu desleixo, eu não soube te amar.

Com mote e glosa, 4

Quero o que não mereço

Sei bem — e quero — o que não mereço,
e, como não mereço, não o tenho.
Ora, já que não tenho, não me empenho
e, assim, segue-me a vida pelo avesso.

Perdi você, da alma ao endereço;
foi sem querer, mas sem franzir o cenho,
um traço desta vida sem desenho,
em que ter zero é o meu pagar o preço.

Com este nada, eu já me conformava,
quando, do nada, apareceu você,
sem atinar que eu nada merecia:

ia do riso ao ar que eu respirava,
à marca sem pele, ao que não se vê,
da vida-noite ao meu primeiro dia.

Com mote e glosa, 5

Tu choraste em presença da morte?
Em presença de estranhos choraste?
Não descende o cobarde do forte,
Tu, cobarde, meu filho não és.

Segredo bom, não há um que se guarde:
a despeito de tua graça, teu porte,
perguntam todos se foste covarde,
se tu choraste em presença da morte.

Usa-se responder com emoção.
Terás te irritado ao pedir que baste
a insistência da turba na questão:
tu, em presença de estranhos, choraste?

Não deve ser isso o que te dê norte,
quem, afinal, nunca teve um revés?
Se não descende o covarde do forte,

como explicar sermos tantos manés?
Acalma-te, olha bem a tua sorte:
tu nem covarde nem filho meu és.

Dois sonetos a partir de um mesmo mote

Leva tempo entender que a vida é curta

1.

Anos a compor um ressentimento,
décadas para bem o cultivar.
Cestas de papel jogadas ao vento,
com praguejos planando pelo ar.

Aos vinte, ter pena de quem inventa;
aos quarenta, encenar autoridade.
Lembrar, no aniversário de setenta,
que a neta não manteve a castidade.

Há quem busque remédio que alivie,
salicilato, sais, casca de murta,
química fina, yoga, zen, tai-chi.

Qualquer que seja o efeito que isso surta,
por mais ponderação que propicie,
leva tempo entender que a vida é curta.

2.

Leva tempo entender que a vida é curta.
Às vezes, leva quase toda a vida.
O vivo, quando entende, agora surta,
busca agarrar a vida já vivida

e perde o pouco tempo que lhe resta
cavando o tempo em busca de si mesmo.
Gastasse as poucas horas numa festa,
evitaria esse final a esmo.

A vida é curta além do que entendemos
porque nenhum de nós foi avisado
do tempo que anda além do que o que vemos.

Se o fôssemos, quem não teria dado
mais tempo ao "meu amor" do que ao "oremus",
mais glórias ao virá do que ao passado?

Soneto de não ver

São sinais, pontos de luz, são faróis.
são os graus para onde a agulha aponta.
São ímãs, são o norte, são anzóis,
são a destruição do faz-de-conta.

Se querem, desmoralizam heróis
ou encantam a barata tonta.
Se assestam a mira, nenhum de nós
escapa do curare à sua ponta.

Parecem jóias, todo mundo vê.
Mas é tão bobo descrever assim,
é qual postal com quadro de Monet,

pôr-do-sol quando o filme chega ao fim.
Não dá pra contar, quem ouve não crê,
quem fala não diz, quem diz só diz sim.

Tempo zero

Às vezes vejo quanto ela está longe
apesar do quanto a suponho aqui.
Às vezes, faço-a santa, e a mim, monge,
só para poder achar que a servi.

Procuro acreditar que o tempo pára,
que a imagem, só, existe, não a história,
que tudo se abrevia e se repara,
o já, mais que o futuro e que a memória.

Minha posse, é o lapso que garante:
o tempo infinitésimo me dá
a ilusão do permanente, do constante.

Ao cabo, o infinito enterrará
o engano de viver num mero instante,
o amor eterno a se medir num já.

Soneto em mangues

Sob impiedoso, pesado aguaceiro,
ela se encolhe, protege o que pode,
mas molha-se toda. Seu corpo inteiro
agora é um rio, enquanto ela fode.

Ela é lago e nada, peixe e pesqueiro.
Engole e é sorvida, roga e acode,
captura e logo faz-se prisioneiro.
Assopra os mesmos fogos com que explode.

Depois do fogaréu, já no no rescaldo,
procura manter algo do que escorre,
do gozo fugidio, pequeno saldo.

Em vão: a fonte do prazer já morre,
o falo que era farto agora é baldo.
A mente já cuida de que não borre.

Soneto ao gênio que estiver passando

Há tempos me dedico a desejar,
já que há os mesmos tempos não logro ter.
Desejos nada simples, bom saber:
talvez o mais chinfrim seja voar,

e aquele inatingível, ter você.
Para isso, eu preciso, desde já,
de toda dádiva que um gênio dá,
desejos, qual nas fábulas se lê.

Vidas, que o provedor dê logo duas,
para que eu tenha o tempo necessário
a conseguir armar mil falcatruas,

posar de padre, agir como corsário.
roubá-la, só que em dobro (ambas nuas,
você e você; meu corpo, solitário).

Almejo

Meu amor, que utopia nós teremos
se o mundo insiste em dar toda resposta?
Que morto anônimo lamentaremos
se a cada corpo cabe a placa posta?

Que utopia almejamos, meu amor,
se o mundo não mais aventa, detesta?
Que vida nós queremos recompor
se a vida afora é sempre tão funesta?

Essa utopia é terra de ninguém,
sonho cubículo em que não cabemos,
mesmo o bem feito sem olhar a quem.

A utopia pouca que vivemos
pode ser lida sem muito porém,
é bem simples: utópicos, nos temos.

Poeta e manhas

Sonetos soem ser sempre de amores.
Lamentam uns, outros são galanteios,
como galantes são, sempre, os autores
e o fito dos versos, belos ou feios.

Às vezes, fingem tristes estertores,
vez por outra, por meio de rodeios,
fazem lá o papel de mandar flores —
pra ter perdão, não há melhores meios.

Mas se alguém olhar as sílabas de perto,
poderá ver partículas estranhas
no que parece ser um verso certo.

Se vires um tratado em que só ganhas,
que ao riso some o encanto descoberto,
cuidado: é mau poeta e bom de manhas.

Evolução

O homem primevo era caçador.
Caçado, inventou os filhos e os medos,
tentando enganar a morte e a dor.
Com isso, foi aos netos e a segredos.

Nos primórdios, jovem, já copulava,
prolificava antes de ser comido
ou tragado por chuva, charco ou lava.
A prole o tornava sobrevivido.

Conquistada, no entanto, a sobrevida,
esticando o viver até a centena,
surpreso viu que, postergada a ida,

a vida reservava-lhe outra pena:
além das cãs e da glande caída,
a próstata cansada entrou em cena.

Soneto em cantos

Às vezes a dúvida prevalece:
que esquina, no caminho do passado,
seria a que eu devia ter virado
e agora, que eu procuro, já me esquece?

Havia, ali à direita de quem desce,
uma alameda que ia dar num prado.
Na rua acima, um largo pergolado
mostrava-me um destino, se eu quisesse.

Em linha reta, no entanto, eu segui,
acreditando ser tão reto quanto.
Já na primeira curva percebi:

minha reta sempre esbarrava em canto
ou quina. Numa quadra, eu me perdi —
nunca vi reta que virasse tanto.

Temporal

Quem sabe viver
não conta nos dedos
o tempo a correr
nem guarda segredos

tão só por saber
que os momentos ledos
e o doce prazer
não permitem medos —

nem o de morrer
nem o da idade
que se pensa ter.

Medir a verdade
nos faz perceber
nossa brevidade.

Alvoreço

Sete da manhã,
nem sol nem azul,
garoa terçã,
reclamos do sul.

Me estanca o porém,
mas manda o juízo
que eu siga um também
sob chuva ou granizo.

Persigo o futuro
que foge, lampeiro.
O passado duro

come o "já" inteiro.
O presente, obscuro,
some ao travesseiro.

Limiar

O velho traz algo novo no olhar:
o medo. Não o medo que acovarda,
mas o medo do alpinista a galgar,
um medo que o projeta, ao que o resguarda.

O velho traz no olhar, além do medo,
o brilho de quem soube revelar
aos seus, de cada um, o próprio enredo
e o melhor: o segredo de o mudar.

No velho, o olhar de medo juvenesce,
parece até olhar de zombaria
(nem velho, olhando bem, ele parece).

Ouvindo-o falar de um novo dia
como se mais um século tivesse,
descobre-se o nascer em quem já ia.

Salva

Parece mesmo que é o fim do mundo,
que vêm trotando os quatro cavaleiros,
que o que até ontem era tão fecundo
será areia, Saaras inteiros.

Se o mundo acaba, no fundo, no fundo,
parece que os juízes são ligeiros
ao julgar o planeta nauseabundo
e justos nos "cumpra-se" derradeiros.

Nem tudo, no entanto é de se alarmar.
Há sinais a ler, trazem bom ensejo:
quando o Brasil se esquece de cantar,

ouço Marina aprendendo solfejo;
quando o mundo parece se acabar,
sei, de Marina, seu primeiro beijo.

Pequena elegia

Vejo de longe o jovem que ali jaz
composto e meio exposto sob as flores.
Vê-se o rosto, renitência ora em paz;
não se vê quase nada de suas dores.

Vejo de longe do que foi capaz
(de longe — meus padrões são inferiores).
Ele, que se foi, soube viver mais,
muitos anos mais, por serem melhores.

Quando me acerco dele, o vejo altivo
e busco em mim soerguer-me também,
como ele, mesmo inerte, assertivo:

pode ainda ensinar que viver bem
não é viver mais tempo, é ser mais vivo
e viver mais o tempo que se tem.

Esquina

Na calçada, o bêbado estava em coma.
Acostumado, sobreviveria.
Um metro além, no carro junto à guia,
o homem reclamava, em sua redoma.

Queria chegar logo, mais depressa,
e a luz vermelha ali atrapalhava,
mera formalidade, meia trava.
Pensava: afinal, que lei é essa?

Às tantas, o briaco levantou,
ressuscitou alegre de seu porre.
No carro, o cara aflito dava show.

Enquanto, no amarelo, a turma corre,
o bêbado, educado, atravessou.
De novo, o ser humano pobre morre.

Do homem (nem tão) bom

A lenda da língua diz que saudade
não se traduz, usa-se só aqui.
Aceita-se também como verdade
que o amor flui melhor para um tupi.

Se, ao homem bom, corrompe a sociedade,
se sua bondade está no pedigree,
como se explica a raiva que me invade,
tão pouco bom, eu que tão bom nasci?

Não sou Rousseau, não sou tampouco bom,
sinto saudade em qualquer outra língua,
sou reclamão, não sei manter o tom.

Queixo-me sempre de viver à míngua,
sinto sua falta e digo alto e bom som:
se você volta, esqueço a falta, vingo-a.

Paisagem inútil

O Brasil tinha um desenho melhor:
nem fazia vista no mapa-múndi,
nem se fazia recitar de cor.
Cor, ele tinha, e o primeiro desbunde.

Havia paixão, mas Carlos Lacerda,
trocávamos sambas e dissonâncias,
nossa rima era capaz de ser lerda,
eram heróis mesmo donos de estâncias.

Deu-se do Brasil — e ao desenho melhor —
uma escovada da mais grossa cerda,
histamina e Festival da Record.

Fez-se do filho morto o que se herda
para obter dos males o menor:
olhos abertos e mortos, vida esquerda.

Cigana

Transito entre mortais e outros nem tanto,
bailando a cada passo, a seduzir
o transeunte, a provocar-lhe espanto,
a roubar seu direito de ir e vir.

Mortal como sereia, quando canto,
para almas e altos tons atingir,
seduzo, bebo, sugo, lambo e janto.
Durmo, então, por ter o que digerir.

Não sei se sou prazer ou sou deveres,
vario, ora espírito, ora mula,
vou só ou incorporo muitos seres.

Me deixo alçar ao vento que circula,
devoto meu amor e meus prazeres
a qualquer ser humano que me bula.

Soneto da mulher bonita

Discreta e atraente, a transeunte
apenas passa, sem saber que é bela.
Poucos notam, mas desde que se junte
o olhar à alma, ela se revela.

Emerge, então, a beleza primal,
sem olhos azuis ou pernas compridas
mas com viço, visgo, vapor ancestral;
uma beleza vinda de mil vidas.

Beleza diferente a cada dia,
exibe esse fascínio sem motivo,
provoca uma atração sem primazia.

Embora traga o mesmo olhar altivo,
das musas, não tem a fotogenia:
como um pôr-do-sol, só é bela ao vivo.

Soneto da hora marcada

Há lá na Polinésia um povo ilhéu
que, por hábito, nunca diz bom dia
nem boa tarde, ninguém quebra o chapéu.
Não se acha lá nisso antipatia.

Dizem que, lá em Caracas, as agendas
marcam só períodos, não marcam horas.
São manhãs, tardes, noites — ou calendas.
Ninguém por lá se queixa das demoras.

Por que reclamo então de seu atraso,
nessa hora que nem foi combinada?
Em que cultura baseio meu prazo?

Há sempre uma demora assinalada,
segundos, dois minutos, um acaso:
três tempos para que eu me vire em nada.

A pele e o córtex

Não é. Só parece. Mas e se fosse?
E se houvesse um corpo dentro da aura?
Se, ao pé do conceito, um só beijo doce?
No imaginar que o abstrato restaura,

cabe um palmo de pele, a que se roce
de leve, antes que a sensação se exaura
e a pura lógica retome a posse.
Antes do sopro, o numeral se instaura.

Há uma luta renhida na memória
entre o mero sentido e a sensatez,
entre o fazer do amor e o ser da história.

O poro transpira os fatos da tez,
o córtex os reconta como glória.
Num bulbo, fica o amor que não se fez.

Soneto do que é meu

Busco cada gota de sua memória,
tento represar o tempo que flui,
ter só para mim toda a sua história,
o usucapião do que não fui.

Quero tomar posse de suas imagens,
ser o Stálin de suas fotografias.
Quero ter ensinado suas bobagens,
ter encampado todos os seus dias.

Quero que sejam meus, no seu sorriso,
todos os motivos, toda a razão.
Terei sido sua falta de juízo,

o seu primeiro sim e cada não,
o gozo largado, o gesto preciso,
seu fui, seu sou, seu vou ser, seu então.

Soneto sentado

Não sei se a mim foi dado querer musas
ou ser querido por alguma delas —
não sou clássico assim. Mesmo as cafusas,
mais a meu jeito, passavam, tão belas,

e, ainda que me olhando, não me viam.
É o tempo que me deixa transparente.
A cor, enquanto as cores existiam,
era a de uma memória renitente.

Ao longo de três vezes sete anos,
servi a um anônimo Labão —
que, para mim, não teve lá maus planos:

não tinha, de fato, ovelhas ou chão;
prendia-me sem perdas e sem danos;
no lugar de Raquel, uma razão.

Soneto temporal

Lá vem de novo o tempo pregar peça:
um sábado que dura duas semanas,
um mês que corre muito mais depressa,
na marca de um relógio doidivanas.

No ritmo eufórico de um filme mudo,
passa o tempo em que você está comigo,
mas a câmera lenta invade tudo,
se você não está. E assim, eu sigo:

tudo vai devagar enquanto espero
e acelera bem na hora em que alcanço.
Tão rápido passa aquilo que quero

que até parece que já não avanço.
O ponteiro da vida está no zero,
voa lá para trás tudo o que lanço.

Ana cresce

Ana cresce. Perguntou se podia?
É claro que não — e eu esperando.
Já esperei mesmo até o raiar do dia
por pelo menos ouvi-la perguntando.

Até quando será minha pequena?
Me manda um sorriso antes do "até breve",
vai sem saber se eu consenti tal cena;
nem ao menos uma carta me escreve.

Em compensação, o mundo agradece
quando percebe que é Ana chegando,
quando vê e constata: Ana cresce.

Ainda bem que não ouve o que eu mando,
ou se ouve, bem me desobedece
e vai a construir seu próprio quando.

Pal

They say you have seen the bright of her eyes.
I know it's not easy, not even fair
but I have to beg you, take care, take care.
You don't know the threatens, the otherwise,

the opposite side, the mirror, its size.
The blue deep inside, a sky everywhere,
instead of a dream, a sudden nightmare.
Take care, take care, it's an old man's advise.

I have felt like a fish facing a bait
I can forecast your ways, I can be you.
So I know which are the risks you can wait.

The first one is being captured by the blue.
The other one is trying to be great.
Give up: As I've been, you'll always be true.

Astralidades

Nem sempre penso. Às vezes sou levado
a desistir ou cometer barbáries
(pequenas, nem cruéis nem singulares)
só para que pareça ter pensado.

Meu superego é de concreto armado,
meu feminino é Touro, Aquário e Áries.
Meu corpo é cérebro, gordura e cáries,
meu ideal está por ser formado.

Como se vê, exibo qualidades,
só que poucas: tenho, no mapa astral
e no fogão, três especialidades.

Esforço-me por uma quarta igual,
mas, iguarias ou astralidades,
no meio do céu, eu erro no sal.

Não-poeta

Poeta fala do que o mundo ganha;
não-poeta escreve sobre saudade,
a musa na Bahia ou na Alemanha,
disparates, mas com solenidade.

Poeta, quando ama, tem a manha,
recolhe-se, mantém autoridade
evita vista à vida tão tacanha,
dá lugar a um traço de verdade.

Enquanto o não-poeta põe volume,
e pás de entonação no seu vazio,
poeta fecha o rasgo com betume,

prepara-se para escrever o cio
sem que nenhum adjetivo o esfume.
O verso deixa o gozo por um fio.

Reflexiva

Saio da cama outra vez sem você.
No espelho, vejo uma negra malsã:
sou eu, beiço inchado, xale de lã,
resto de rímel, baton, negligé.

Componho-me, tento voltar blasé.
O espelho, cruel, devolve uma anã.
Perverso, mostra-me ainda uma cã,
que arranco — fio branco meu, ninguém vê!

Tento de novo. O espelho está lá,
plácido, cínico, filho da puta,
vidro que escuta e não fala o que há

entre ele e eu — e mal me reputa.
Saio da cama, você não está,
mas tudo bem: o espelho me chuta.

Falastranhos

Nesta terra em que quem possui trepa
e aquele que trepa consuma o ato,
buscar a palavra de boa cepa
nem sempre é pra gente de fino trato.

Quem chama boceta de perseguida
e seu perseguidor de membro ereto,
quem diz que beijo é o motor de partida
e apelida seu pau de predileto

é um tipo especial de trovador:
meio poeta, meio canastrão,
sempre uma analogia a seu dispor,

inventa o cunidioma, a linguação,
e, achando que é, do ato, professor,
só goza quando deita a falação.

Longe

Longe é o lugar em que as quimeras nascem,
crescem e copulam a fantasia.
Como evitar que as más idéias grassem
se, longe, amadurecem dia a dia?

Lá longe, em se plantando, tudo dá:
dragões, quiabo, papagaios, vagem,
pragas, ervilha, saúvas, jabá,
a tiririca a matar a coragem.

A quem está longe, o monstro cochicha,
pouco elucida, mas fala de perto:
sabe (é esperto) dos medos que espicha.

De longe, o vulgar parece tão certo
que o certo, com o vulgar, se enrabicha.
De longe, o mundo é um deserto.

Ao justo nome

Ela não tem o nome que merece:
bolsa de guardar rapé ou tabaco.
No engenho, delicado, até parece,
mas na designação geral, que fraco!

Afinal, que tabaco faz tal chama,
que bolsa pode ser assim tão rica?
O fogo dela é água, quando inflama;
a bolsa, quando doa, multiplica.

Mereceria um nome universal,
designação ainda pré-Babel,
talvez um símbolo, só um sinal,

um simples gesto, um apontar o céu,
já que o que traz, longe de ser verbal,
é alma líquida, um céu de mel.

A sina e a lida

Sempre parece que o caminho vira
para o lado contrário do esperado.
A reta entorta, a curvatura estira,
a espinha quebra no trocar de lado.

Quem desce, às tantas, vê-se na subida,
quem voa, já no alto, se estatela.
A queda é a filha grata da partida,
sai roxa a que, na prece, era amarela.

Se vida é o coletivo de imprevisto,
se planos são os pais da frustração,
melhor é planejar caxumba ou cisto

e pôr-se a esperar a decepção,
que há de vir na forma do benquisto,
burlando a sina, dando o sim por não.

A pequena que educa (Ana, 13)

"Ora essa, pai!" — É Ana que explica,
do alto de seus quase treze anos.
É Ana que conta o que vai ou fica,
é Ana que dá nome aos só fulanos.

Ela afirma, ela mesma justifica.
"Vai ser assim, pai!" — Ana traça planos,
anos em um desenho que ela estica,
projeto detalhado, sem enganos.

As certezas que ouço, se pergunto,
contrastam com meu próprio vem-e-vai —
às vezes é melhor mudar de assunto.

Dos lindos olhos negros sempre sai
um não — e um amoroso jeito junto,
um sim oculto a educar o pai.

Nossa nova

Parece que foi ainda outro dia.
Parece que existia, sem começo,
sem fim. Parece que sempre se ouvia
o dissonar que nos virou do avesso.

Fez-se, de desafinado, harmonia,
dissolveram-se as imagens de gesso,
virou história o que ainda não havia,
virou amor o que era mero apreço.

Se comove lembrar o tempo e o som,
ter nos dedos o acorde dissonante,
tocamos, desde sempre, o que era bom.

Se chega de saudade, o realizante
é que aprendemos qual é o nosso tom,
o seu, o meu — o que quer que se cante.

A sina da princesa em febre

Havia uma princesa linda e casta,
a quem acometeu uma doença
do espírito — ao menos, era a crença.
O fato é que a moléstia, tão nefasta,

sem dó, lhe consumiu toda a pureza.
O vírus trouxe a febre da libido:
tremia pelo que não tinha tido,
queria se ferir onde era ilesa.

O rei, ao ver a filha tão febril,
correu a arrumar-lhe casamento.
Mas ela, fogo só, não resistiu

aos dotes de um cocheiro corpulento.
Urrou o rei: "Às freiras, o xibiu!"
Mas havia cocheiros no convento.

Geheime Liebe

Um fio, apenas, de cabelo branco,
ali na têmpora a me distrair,
uma fração de tempo. Logo estanco
o que vaza. Você volta a sorrir.

Isso, então, domina todo o lugar.
Não há pé que narre, não há poesia.
Cinema, talvez, porque luz. Ou ar.
Todos em volta somem. Some o dia.

Então, aparece outra luz, de flanco,
como uma supernova a explodir —
vê-se a luz, não se sente o solavanco.

Percebo, aos poucos, que não sei medir
um fio, apenas, de cabelo branco,
ali na têmpora a me distrair.

Da musa recorrente

Morena ou esguia ou santa ou cafusa
ou livro de história ou letra recente:
nada mais constrangedor do que uma musa,
aquela entidade que obriga a gente

a confessar o que vai sob a blusa,
a escrever no papel, incontinenti,
a palavra que ficaria reclusa,
não fosse a musa e a língua no dente.

Pior se a inspiradora é uma só.
O tempo voa, mas ela é a terra,
um mito grego ou bíblico, um Jó.

É dela todo afeto que se encerra
no peito (que já vai virando pó)
a maldizer o cérebro que erra.

Fruto de papel

Por que revelar o que não se via,
se todo mundo segue assim feliz?
A nada serviu a nova harmonia,
ao se integrar ao som dos imbecis.

Pouca poesia se vê nos papéis
com seus quilômetros de mera escrita.
Nem prosa sobra, escreve-se em mil-réis;
qualquer metáfora, a planilha evita.

Na carta que se escrevia ao amigo,
havia tudo, de lamento a lema,
nos livros, os prazeres do perigo.

Penduremos na árvore um poema,
vamos ler o caderno do mendigo
antes que a concórdia extinga o dilema.

Sem colocar amor no meio

A poesia parece delicada
a quem vê, à distância, suas linhas.
De fato, na palavra versejada,
Somem caroços, tropeços, picuinhas.

Parecem brincar, sílabas e pés.
Mas basta chegar perto para ver
que ela vai muito além de lés e crés.
Poesia anda só e é só poder.

Seduz sem colocar amor no meio —
toma-lhe a onda, a concha e a própria Vênus,
e, atrevida, ainda revela um seio.

Os danos normalmente são pequenos,
pagando, no pregão, a preço cheio,
cem sonetos, pouco mais, pouco menos.

Índice de poemas

www.laranjaoriginal.com.br

Edição **Gabriel Mayor e Filipe Moreau**
Projeto gráfico **Arquivo · Hannah Uesugi e Pedro Botton**
Produção executiva e foto do autor **Gabriel Mayor**
Revisão **Germana Zanettini**

Primeira reimpressão, 2ª edição, 2019.

Dados Internacionais de Catalogação na Publicação (CIP)
(Câmara Brasileira do Livro, SP, Brasil)

Serva, Jayme
Cem sonetos, pouco mais, pouco menos / Jayme Serva. — 2. ed. — São Paulo: Laranja Original, 2018. — (Coleção Poetas Essenciais; v. 5 / coordenação Filipe Moreau)

ISBN 978-85-92875-38-1

1. Poesia brasileira 2. Sonetos brasileiros
I. Título II. Série

18-18168 CDD-869.1

Índices para catálogo sistemático:
1. Poesia: Literatura brasileira 869.1

Fontes **Gilroy e Greta**
Papel **Pólen Bold 90 g/m²**
Impressão **Forma Certa**
Tiragem **200**